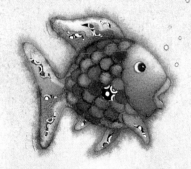

For Davy Sidjanski
à Davy Sidjanski

Translated by Janet Shirley — Traduit par Géraldine Elschner
© 2003 Éditions Nord-Sud, pour la présente édition bilingue
© 1998 Nord-Süd Verlag AG, Gossau Zurich, Suisse
Tous droits réservés. Imprimé en Belgique
Loi n° 49-956 du 16 juillet 1949 sur les publications destinées à la jeunesse
Dépôt légal: 1ᵉʳ trimestre 2003
Pour l'édition reliée: ISBN 3 314 21635 1
Pour l'édition brochée: ISBN 3 314 21636 X

Marcus Pfister

RAINBOW FISH
AND THE BIG BLUE WHALE

Arc~en~ciel
fait la paix

North-South Books   Éditions Nord-Sud

From a long way off, Rainbow Fish and his friends can be seen
deep down in the ocean — they sparkle in the water with a thousand
shimmering lights. There's just one little stripy fish who hasn't got
a brilliant scale like the others, but this doesn't stop him
being part of the family.
Happily the fish go to and fro, borne by the current.

De loin déjà, on aperçoit Arc-en-ciel et ses amis au fond de l'océan:
ils scintillent dans l'eau de mille reflets changeants.
Seul un petit poisson rayé n'a pas d'écaille brillante comme les autres,
mais cela ne l'empêche pas de faire partie de la famille.
Heureux, les poissons vont et viennent, portés par le courant.

Here they really have got everything they need. Thousands
of tiny creatures and bits of seaweed, so small you can hardly
see them, are floating in the sea.
When they feel hungry, all Rainbow Fish and his friends
have to do is open their mouths as they glide along in the water,
swallow and enjoy the feast.
Perfect!

Ici, ils ont vraiment tout ce qu'il leur faut. Des milliers
de minuscules bestioles et de morceaux d'algues flottent
dans la mer, si petits qu'on les voit à peine.
Quand ils ont faim, Arc-en-ciel et ses amis n'ont qu'à ouvrir
la bouche en se laissant glisser dans l'eau, puis ils avalent
et se régalent.
C'est le rêve.

A beautiful blue whale, who lives peacefully nearby,
enjoys it just as much as they do. She likes this place
where food is so abundant. But best of all she likes being
near the lovely little fish. She could spend hours watching
their pretty patches of light sparkling in the ocean depths.

Une belle baleine bleue, qui vit paisiblement non loin de là,
se régale tout autant qu'eux. Elle aime cet endroit
où la nourriture est si abondante. Mais elle aime surtout
le voisinage des beaux petits poissons. Elle pourrait passer
des heures à admirer leurs jolies taches de lumière qui brillent
au fond de l'océan.

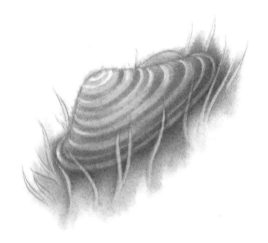

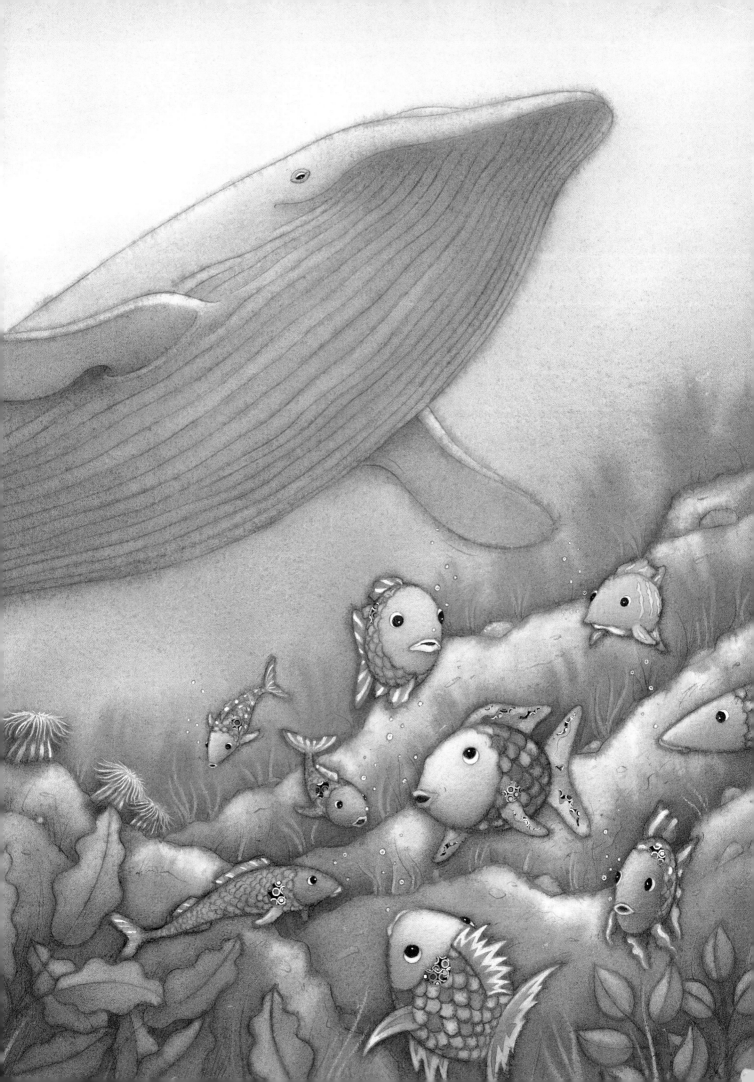

One morning Zigzag catches the whale watching them.
`What makes her look at us like that?' wonders the big fish
with jagged fins. He's in a very bad mood today. `Look how
she's keeping an eye on us!' he says to the others. `I wonder
what she's up to.'

Un matin, Zigzag surprend ainsi la baleine en train de les observer.
Qu'a-t-elle donc à nous regarder comme ça? se demande
le gros poisson aux nageoires dentelées. Il est de très mauvaise
humeur aujourd'hui. «Regardez comme elle nous surveille,
dit-il aux autres. Je me demande ce qu'elle mijote!»

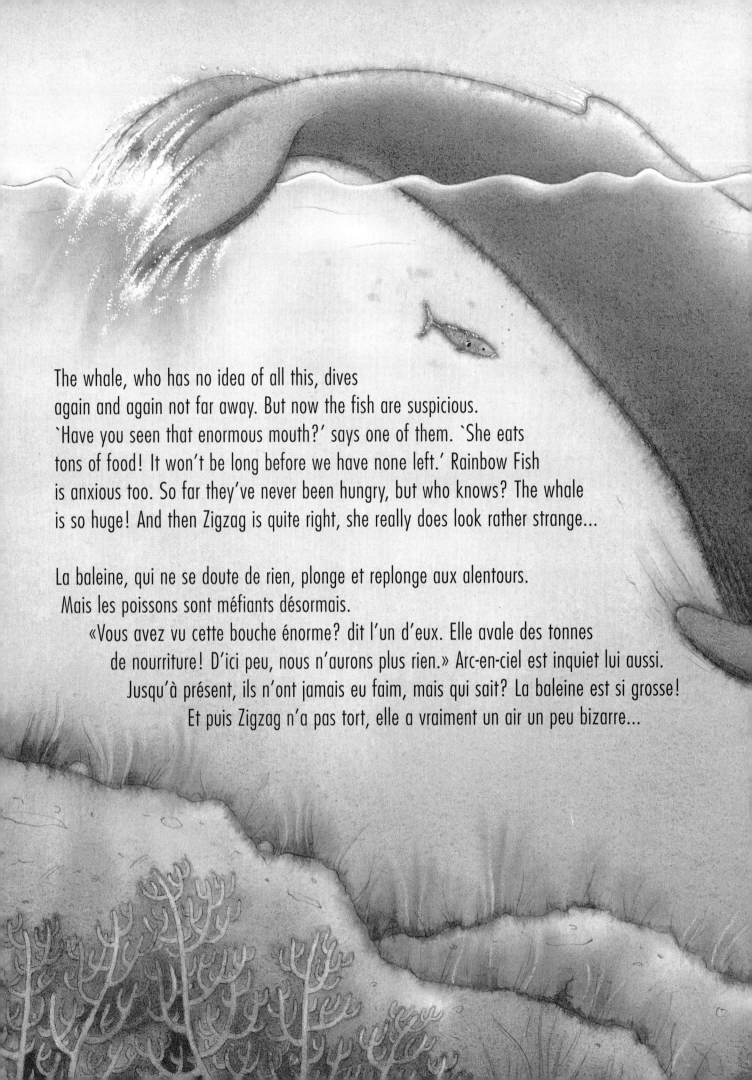

The whale, who has no idea of all this, dives
again and again not far away. But now the fish are suspicious.
`Have you seen that enormous mouth?' says one of them. `She eats
tons of food! It won't be long before we have none left.' Rainbow Fish
is anxious too. So far they've never been hungry, but who knows? The whale
is so huge! And then Zigzag is quite right, she really does look rather strange...

La baleine, qui ne se doute de rien, plonge et replonge aux alentours.
 Mais les poissons sont méfiants désormais.
     «Vous avez vu cette bouche énorme? dit l'un d'eux. Elle avale des tonnes
         de nourriture! D'ici peu, nous n'aurons plus rien.» Arc-en-ciel est inquiet lui aussi.
             Jusqu'à présent, ils n'ont jamais eu faim, mais qui sait? La baleine est si grosse!
                 Et puis Zigzag n'a pas tort, elle a vraiment un air un peu bizarre...

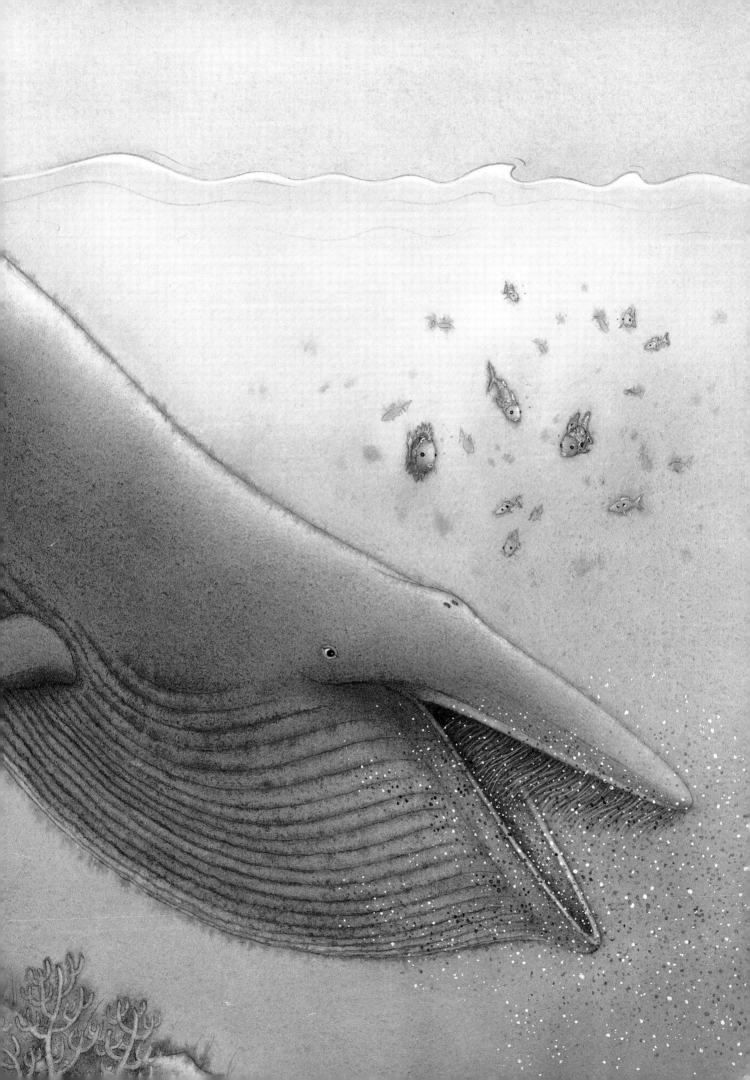

One day the whale hears what they're saying.
At first she's very upset — and then very annoyed. `I'll teach them
a lesson!' she says to herself. `I'll show them!' And she charges
at them like a sudden raging storm.
With a great smack of her tail, she churns up the sea and scatters the little fish
in all directions.

Un beau jour, la baleine entend ce qu'ils racontent.
Tout d'abord, elle est très déçue — et puis très fâchée. Je vais leur donner
une bonne leçon, se dit-elle. Ils vont voir ce qu'ils vont voir! Et la voilà qui fonce
sur eux telle une tempête qui se déchaîne. D'un grand coup de queue, elle fait
tourbillonner les eaux et propulse les petits poissons dans tous les sens.

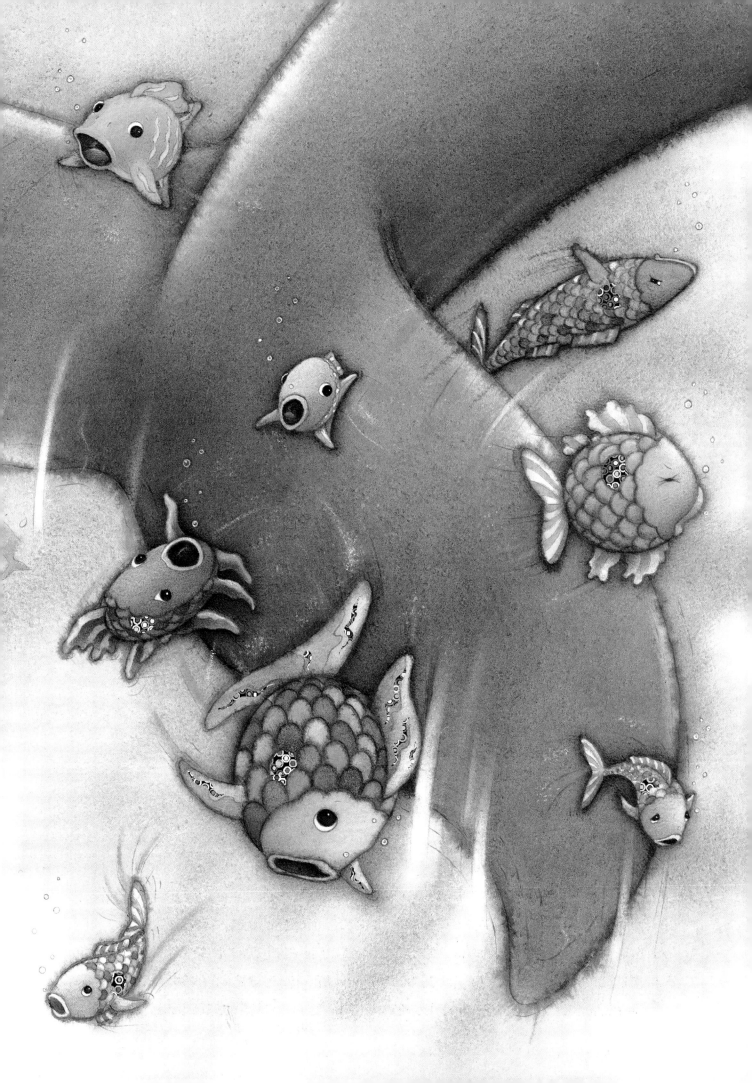

In panic, Rainbow Fish and his friends rush for the cave
where they often hide. But the whale won't let them alone.
She hunts them without mercy and chases them right up to the cliff.

Effrayés, Arc-en-ciel et ses amis s'enfuient vers une grotte
qui leur sert de refuge. Mais la baleine ne les lâche plus.
Sans pitié, elle les prend en chasse et les poursuit jusqu'à la falaise.

Only just in time do they reach their hiding place in the hollow
of the rock. But outside it, the whale swims to and fro,
looking at them angrily. `What did I tell you?' whispers Zigzag.
`This monster is dangerous. We can't trust her!'
Just like a storm, the whale finally calms down. She circles
one more time, and then at last goes away and disappears
behind the corals.

C'est de justesse qu'ils atteignent leur cachette au creux du rocher.
Mais dehors, la baleine passe et repasse en les regardant
d'un œil noir.
«Qu'est-ce que je vous disais? chuchote Zigzag. Ce monstre
est dangereux. Il faut s'en méfier!»
Tout comme la tempête, la baleine finit pourtant par se calmer.
Après une dernière ronde, elle s'éloigne enfin et disparaît
derrière les coraux.

One by one the little fish come out again, feeling upset and hungry.
But the whale's anger has changed things. The furious blows of her tail
didn't just scatter the fish — all the food has vanished too!
`Do you remember how happy we were, before?' Rainbow Fish then says
to his friends. `There was plenty of food for us all. Now there's nothing left.
Everyone is miserable when there are quarrels. We must make peace.'

Un à un, les petits poissons ressortent, tout chagrinés et affamés.
Mais la colère de la baleine a laissé des traces. Ses coups de queue furieux
n'ont pas seulement chassé les poissons: toute la nourriture a disparu, elle aussi!
«Vous vous souvenez comme nous étions heureux, avant? dit alors Arc-en-ciel
à ses amis. Il y avait assez à manger pour nous tous! Maintenant,
il ne reste plus rien. Tout le monde est malheureux quand on se dispute.
Nous devons faire la paix.»

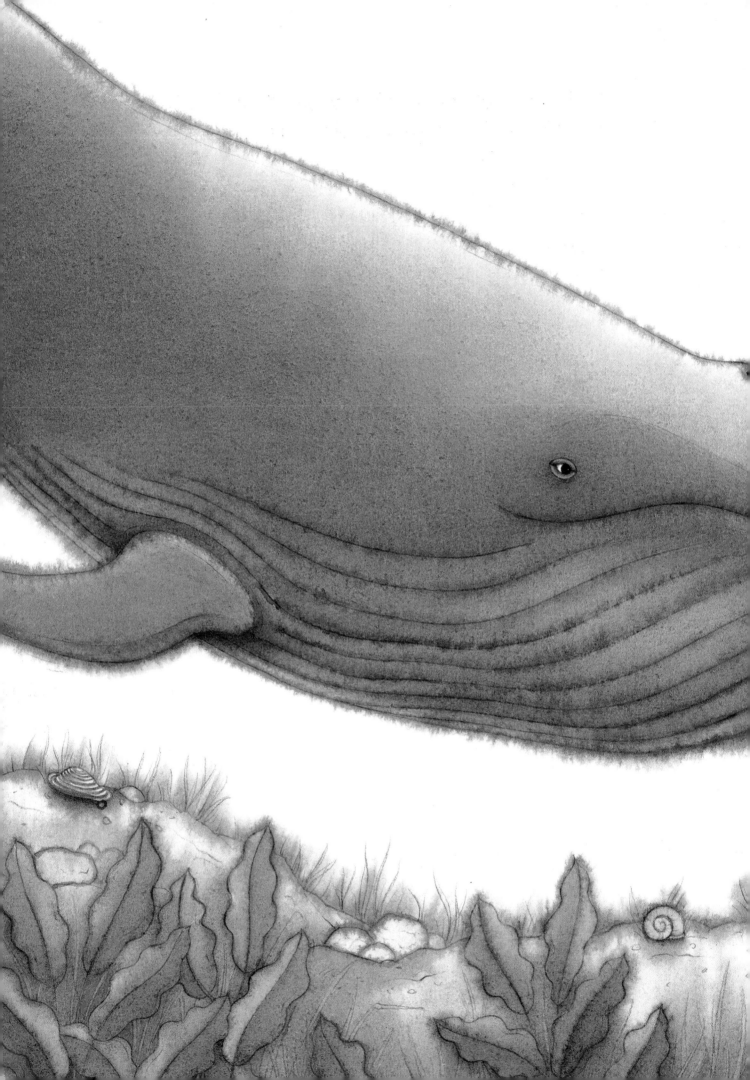

The fish agree. But they are much too scared of the whale to dare go and find her. Then Rainbow Fish makes up his mind: he will go by himself.
At first the whale looks at him suspiciously.
`We've got to talk,' declares Rainbow Fish. `Our quarrel isn't doing anyone any good, just the opposite. We're all hungry now, you just as much as us.'

Les poissons sont d'accord. Mais ils ont bien trop peur de la baleine pour oser aller la trouver. Alors Arc-en-ciel se décide: il ira tout seul.
La baleine le regarde d'abord d'un air méfiant.
«Il faut qu'on parle, propose Arc-en-ciel. Notre dispute ne profite à personne, au contraire. Nous avons tous faim à présent, toi autant que nous.»

Now the whale explains why she got angry.
`I never wanted to do you any harm', she says.
Rainbow Fish looks down.
`And as for us, we were afraid you would eat everything up.
You're so big, and then you kept watching us all the time...'
`I did? But I was admiring your lovely scales!' cries the whale.
They both burst out laughing.
`It's really too silly!' says Rainbow Fish. `Come on, let's all go
together and look for a new place.'

La baleine explique alors pourquoi elle s'est mise en colère.
«Je ne vous voulais aucun mal», dit-elle.
Arc-en-ciel baisse les yeux.
«Et nous, nous avions peur que tu ne manges tout. Tu es si grande,
et puis tu nous épiais tout le temps...»
«Moi? Mais j'admirais vos jolies écailles!» s'exclame la baleine.
Tous deux éclatent de rire.
«C'est vraiment trop bête, dit Arc-en-ciel. Viens, partons ensemble
chercher un nouveau territoire.»

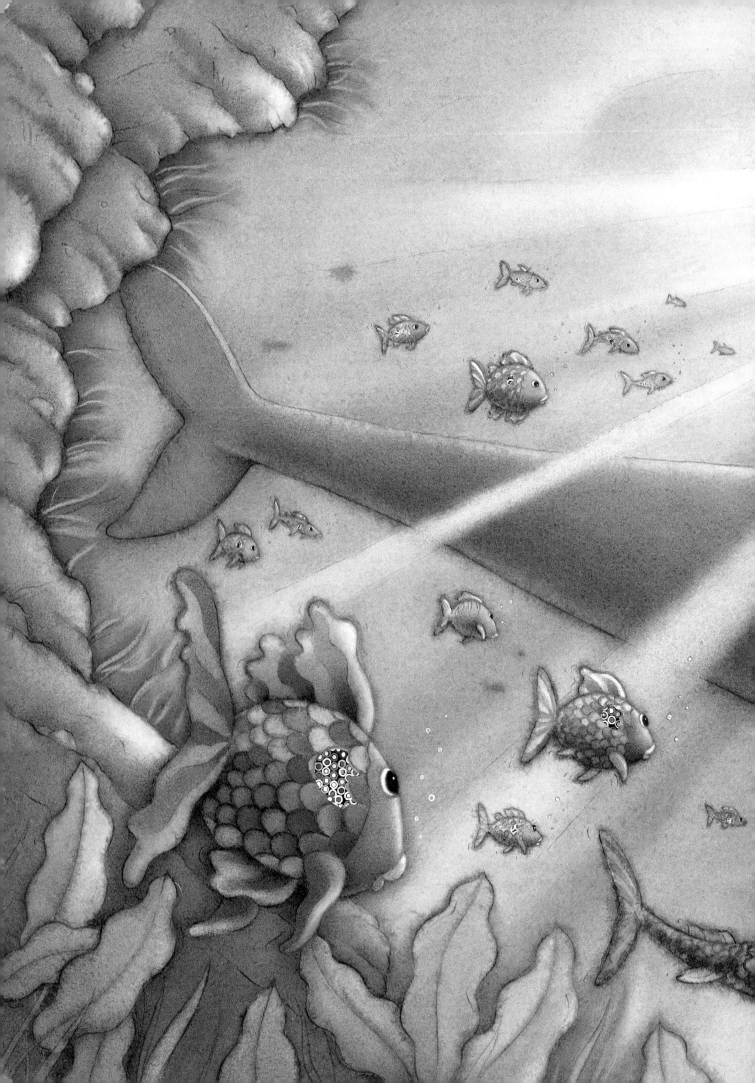

Rainbow Fish goes straight back to his friends and tells them
what has happened. They all wonder how this wretched quarrel
can possibly have begun.
Then Rainbow Fish and the whale, followed by their friends,
swim off peacefully towards other waters.

Arc-en-ciel rejoint aussitôt ses amis et leur raconte ce qui s'est passé.
Tout le monde se demande déjà comment cette malheureuse dispute
a bien pu commencer.
Alors, suivis de leurs amis, Arc-en-ciel et la baleine s'en vont nager
en paix vers d'autres eaux.

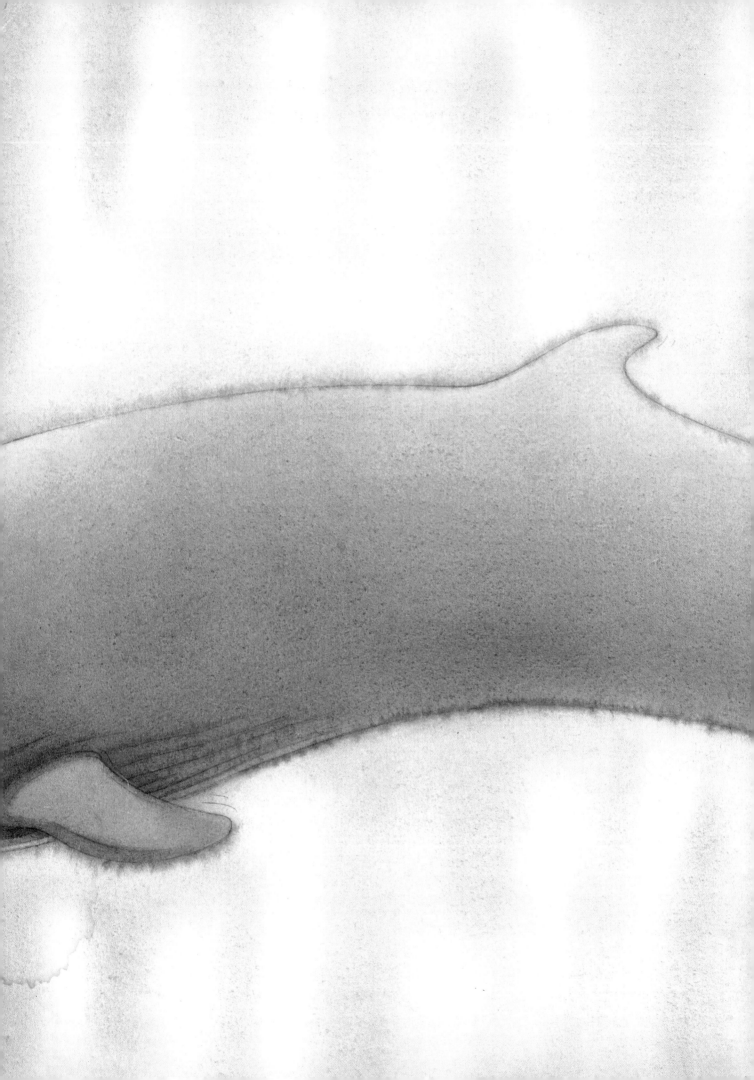

North-South Books/Éditions Nord-Sud
also publish a version in French and English (hardback & paperback) of:

Little Polar Bear / *Le voyage de Plume*, de Hans de Beer

The Rainbow Fish / *Arc-en-ciel, le plus beau poisson des océans*, de Marcus Pfister
Rainbow Fish to the rescue / *Arc-en-ciel et le petit poisson perdu*, de Marcus Pfister

Autres titres publiés aux Éditions Nord-Sud/North-South Books en version bilingue anglais/français (format broché ou relié):

Little Polar Bear / *Le voyage de Plume*, de Hans de Beer

The Rainbow Fish / *Arc-en-ciel, le plus beau poisson des océans*, de Marcus Pfister
Rainbow Fish to the rescue / *Arc-en-ciel et le petit poisson perdu*, de Marcus Pfister